찔레꽃을 꺾지 마라

손인환 시집

# 찔레꽃을 꺾지 마라

**초판1쇄 발행**  2023년 10월 29일

**지은이**  손인환
**펴낸이**  이길안
**펴낸곳**  세종출판사

**주소**  부산광역시 중구 흑교로 71번길 12 (보수동2가)
**전화**  463－5898, 253－2213~5
**팩스**  248－4880
**전자우편**  sjpl5898@daum.net
**출판등록**  제02-01-96

ISBN  979-11-5979-637-1   03810

정가 11,000원

# 찔레꽃을 꺾지 마라

손인환 시집

세종출판사

# 글을 쓰며

산문집 '이제 그만 하소'와 시집 '별 그리고 나의 이야기'가 나오고 나서 오랫동안 머물다가 '찔레꽃을 꺾지 마라'를 발표하게 되었다.

한 권의 시집이 나오기까지 고뇌하지 않을 수 없었다. 문자로 전해지는 다양한 정보가 쏟아지는 세상에, 그것도 지면을 통한 전달보다 모바일 앱을 통한 전달 속도나 파급력이 대단히 크다는 것은 이미 알려진 사실이다.

걸어온 삶을 시적 언어로 구성하여 굳이 책으로 발표하려는 것은 나 자신의 삶이 향기롭기 때문이다.

누구든 걸어온 삶의 자취는 그 사람만의 시적 언어이며 표현이다. 나 또한 지나온 삶이 하나의 시적 언어이기 때문에 서로가 다른 삶의 공간에 살더라도 공감하는 부분이 있을 거라 믿고 책을 내놓게 되었다.

얕은 물이 조잘거리듯 시적 깊이가 부족하고 어리석고, 때로는 웃음을 살지라도 당당히 삶을 조명한 시를 내놓고 싶었다.

어리석은 자는 늘 어리석은 짓만 한다고 하지만 어리석은 짓이 나의 삶이며 시이기에 자랑하고 싶어서다.

이 책을 만나는 모든 이는 늘 향기로운 삶이 있기를 바랍니다.

저자 손인환

# 차례

# 봄

# 여름

# 가을

# 겨울

봄

# 고향 유정

내 고향 마을은
늘 들꽃 풀향기 나는
푸른빛 한 폭의 수채화다
실바람 휘파람 불어오는
초롱한 별빛이 머물다 가는 빈 마루
도란도란 엮은 우리의 이야기는
햇살 아래 반짝이어
지워도 지워지지 않고
잊으려도 잊히지 않는 것은
서로 사랑하기 때문이다

그리움이 꽃물 드는
오늘 밤은
너와 나는 술잔을 높이 들어
별 하나하나에 사랑한 이의
이름을 써 붙인다
기태, 용웅이, 희순이, ……

# 새해 첫날 아침이 오면

내 어린 시절의 이야기
한 해를 보내는 섣달그믐날
울 너머 다가온 새해가 아니 올까
쌓인 먼지와 어둠은 걷어내고
램프는 내걸었습니다

이날
내 살던 초가집에
궁궐처럼 오색 무지개가 뜨고
때 아닌 때에 꽃비가 내립니다

더 가질 것도
더 얻을 것도 없던 나는
뭔가 이뤄지겠지
뭔가 달라지겠지
막연한 생각이
가슴을 뜨겁게 합니다

새해 첫날 아침이 오면
맑은 기운이 서린 대지에
꿈꾸던 미래가 온 듯합니다

우리는 모두
근심걱정 없고 소망은 기적처럼
축복이 가득한 평화로운 길을
함께 걸으면 좋겠습니다

# 매화

긴긴 겨울
얼마나 기다렸는데
내가 가난하다 하여
봄이 없겠느냐

가난한 내게
봄은
꽃가마 타고 올 것입니다

나비처럼 하얀 버선발로
어서어서 오라
얼른 제게 오란다

간절한 소망에
하늘이
눈부시게 무너져 내린다

# 꽃잔디의 설움

뜰에는 꽃잔디
분홍 꽃물이 들 때
어머니는 봄을 맞이하셨다

다가오는 해에는
어머니의 활짝 핀 봄을 맞으려
겨울이 머무는 날에
거름을 듬뿍듬뿍 안겼습니다

저만치 꽃은 두고
제 혼자 찾아온 바람이
봄인가 하여
어머니는 뜰을 손질하셨다

뿌리째 뽑혀 내동댕이친
추위에 떨고 있는 꽃잔디를
어머니는 보고 웃고 계신다

그래도
어머니의 봄은
올해도 어김없이 올 것입니다

# 목련은 피고 지고

바람 한 점 없는 날
누군가를 애타게 기다리던
목련꽃 한 송이
봄은 아직 저만치 있는데
말없이 뚝 떨어집니다

산다는 것이
결국은 누구를 사랑하다가
소리 없이 떠나는 것인가 싶어
가슴 아픈 일입니다

사랑이 아픈 상처로 남을까 하여
사랑하지 않는 것이 좋을지 모르겠습니다
그래도 산다는 것이 사랑이기에
사랑하지 않을 수 없는 운명입니다

사랑하다가 사랑할 수 없는 것은
상상할 수 없는 일입니다
더구나 누군가를 사랑하다가
이별한 이를 사랑하는 것은
무거운 형벌입니다

그건 그 사람의 사랑을 짓밟기 때문입니다
사랑하지 않는 것이
그 사람의 사랑을 더욱 빛나게 할 것입니다

사랑이 이처럼 어려운데
쉬이 사랑하고 쉬이 이별하는 것은
무엇 때문일까

바람 한 점 없는 날
누군가를 애타게 기다리던
목련꽃 한 송이
봄은 아직 떠나지 않았는데
말없이 뚝 떨어집니다
무슨 연유일까

# 봄 길 걸으며

봄 길 걸으며
곱게 물든 연둣빛 빛깔이
어질어질하는 것은
나도
아직 봄 같은 소년이기
때문인가

# 동백꽃의 그리움

누가 저 동백꽃을
님이 그리운 환장한 년이라 했던가

님의 품에 안기려
몸부림치는 소리
립스틱 짙은 입술에
선홍빛 꽃물이 든다

뱀의 붉은 혀처럼
골목길 찬란한 네온 불빛처럼
동백꽃은 피었는데
간 곳 없는 사내놈은 잊었을까

오실 날 기다리다
바람도 없는데 뚝 떨어져
만신창이 되는 줄을 아실까 모르실까
지르밟고 가신다면 눈물 나겠지만
아니 온 것보다 좋아라
동백꽃은 피고 지고
그리움은 불났다

# 봄

엄동설한에 땅을 파 본
사람은 안다
얼마나 힘이 드는지를

조용히 귀 기울였더니
봄이
가까이 왔다

내 가슴 깊숙이
박힌 못이
쑥 빠질 듯하다

# 매화꽃 피어

이른 봄 아침
거기 누구 없소
실오라기 하나 걸치지 않은
하얀 꽃핀으로 치장한 나목은
보는 이의 마음을
어쩜 태연히 빼앗을까

아니다
그건 가난한 내게
인내와 기다림, 희망과 미래를
네가 내게 몸으로 보여준
한 편의 대 서사시다

개울물이 강물의 깊이를
그 강물이 바다의 깊이를 알 수 없듯
내가 네 마음을 어찌 알겠습니까
네가 올 때
내게는 봄이 온다는 사실을

# 봄을 세일하다

광복동 롯데백화점 앞 돌계단
추위에 떨고 있는 한 소녀는
털목도리에 쇼핑백을 든 행인을
물끄러미 바라본다

집배원 아저씨가 매일 다녀가도
봄의 기별이나
소녀가 어찌 되었다는 소식이 없어
얼음 나라에서 온 바람은 더욱 신이 난다

저무는 날을 수없이 보낸
광복동 롯데백화점 앞 돌계단
소녀는 오간 데 없고
소녀가 떠난 후 봄을 세일한다니
지나가는 이들이
봄을 주섬주섬 주워 담는다

# 벚꽃 보고 싶거든

봄날
벚꽃 보고 싶거든
경주 남산으로 가자

눈송이 와르르 쏟아지는
경주 남산으로 가자

벚나무 가지에서
봄이 비 오듯 쏟아지는
경주 남산으로 가자

# 꽃이 예쁘다지만

지천으로 핀 꽃이
아름답지 않은 것이
어디 있으랴
그 아름다움도
세월가면
꽃잎 지더라

꽃 예쁘다지만
자식만큼 예쁜 꽃 어디 있으랴
늘 푸르고 싱그러운
가슴에 핀 꽃 아니더냐


– 어머니의 노랫말 중에서 –

# 천주산 진달래

하늘을 떠받던 천주산에
왕이 나타났습니다
오라는 말을 않는
무언의 표정으로
바람에 흔들리는 연분홍
수많은 이들이 반가워 환호할 때
떠가는 구름은 알았는가
살짝 비켜 가니
햇빛 속에 드러난 속살이
황홀하여 그저 바라볼 뿐이다
진달래 당신은 왕이로소이다
떠도는 소문이 아닌
내 생전 보지 못한 봄을
아름씩 가져가라 한다

# 아름다운 시간 여행

수억만 년 전 먼지로 떠돌다가
출발지가 어딘지 모른 채
시속 십일만 킬로미터인 지구별로 왔다
어느 골짜기에서 가족이란 이름으로
아버지, 어머니 형제들과
낯 모른 이웃을 만나고
시간이 좀 더 지나서는
타인과 함께하는 여행이 시작된다
눈부시게 아름다운 일이 많았고
겪어서는 안 될 일도 있었다
진실로 아름다운 시간 여행은
내가 나를 너무나 사랑하여
희열로 청춘이 불처럼 타오르기도
애써 이룬 것이 차디찬 얼음덩이로
인연이 만남과 이별의 고리로
산 자와 죽은 자가 교통하기도 했다
어디쯤인지 알 수 없는 때에
비장한 각오와 맹세는 언제나
두려움과 무서움으로 떨었다
봄가을이 내게 이제
몇 번이 넘나들었는지 알 수 없지만

고요히 돌아볼 때이다
파장에 짐을 꾸리는 장꾼처럼
어디서 왔다가
어디로 갈 것인지
어디가 종착지가 될 것인지
가다가 나무 그늘에 쉬어
목마름에 물 한 모금 들이켜고
지은 잘못 돌아보고 용서 빈 후
잔잔한 미소로 이끌던 노구를
하룻밤 하루 낮에 가볍게 내려놓으면
얼마나 아름다운 시간 여행일까

# 기다림

오지 않는 이를 위한 기도입니다
고단한 날개를 접은 밤
서쪽 하늘 눈썹 같은 달이
오지 않는 이를 위한
빈 길을 비추고 있습니다
오가는 이가 없는데
강아지는 방정맞게
큰 소리로 짖어대고
우두커니 앉아있는 전화기는
묵묵부답에 더욱 외로워 보입니다
외로운 사람은 외로운 사람끼리
잠든 세상에서 어두운 벽을 마주하고
소리 내어 울지 않습니다
질근질근 밤을 씹으며
예수님을 위해 기도합니다
기다리는 이는 행복하고
행복한 이는 기다림을 더욱 사랑합니다

# 봄날은 내 곁에

한 푼어치도 안 되는 손목시계가
내 헐거운 바지 같다
잘 가던 시계가 낮이 밤인 줄만 아는
세월이 이처럼 게으름을 피웠으면

별들이 잠든 시간
밤은 외로이 가지 않고
나의 밤은 새벽에 이르러
길 없는 길을 간다

태종대 둘레길에
자살하지 않는 자살바위는
밀려온 파도가 하얗게 부서져도
눈물은 절대 흘리지 않는다

배고픈 사자가 먹이를 봐라만 본다면
높이 나는 새가 날갯짓을 멈춘다면
찾아온 시간을 생각 없이 써버린다면
기억 저편에 사라진 티끌이 될 것이다
광복동 뒷골목 조그마한 대한시계점
낡은 시계를 고치던 주인은 나의 봄을
나는 주인의 봄을
마주 보고 있다

# 무릇

어릴 때
하늘이 속내를 다 들어 낸
내 고향 산골
들과 밭 가장자리에
좁고 긴 잎이 두 장씩 돋고
촛불처럼 분홍빛 꽃을 피우는
유별스런 이름을 가진 녀석이 있었다

어린잎은 나물 되고
토실토실 비늘줄기 알뿌리로
엿기름에 삭힌 조청은
피 순환과 해독 강심에 효험 있어
어머니는 요긴하게 모셨다

지금은 낯설어도 귀에 익은
풀꽃 그 이름은
'무릇'
저물녘
어머니의 대광주리 한가득 넘실넘실
길길이 춤추어 따라올 때
우리는 허기를 채울 수 있어
기억하지 않을 수 없다

# 밥 한술 뜨려고

꽃은 꽃을 피우려
하늘 문을 수만 번 두드린다고 한다
나의 청춘도 늘 그랬다

발길 가는 대로 찾아간
바다가 훤히 보이는 암자에
해 저물어 산그늘 내리고
나의 하루는 예서 짐을 풀었다

떠 있는 배 한 척이
내 마음 한 생각 머무는 순간
흔적 없이 사라졌다

허기진 부처님께
저녁 공양 올렸더니
같이 한술 뜨자며
미소를 지어신다

# 서운암에 갔더니

인연 따라오고 인연 따라가듯
물은 누군가가
그리워서 찾아가고
바람은 누군가가
보고 싶어 가더이다

물처럼 그리움이 가득하여
바람처럼 누군가가 보고 싶어 가듯
새해 첫날 같은 마음으로
묵은 때를 씻어 찾아간 곳이
서운암이더이다

천불전 대자대비한 그윽한 향기
소원 발원 기도 공덕이
물같이 바람같이
걸림 없이 일어나는 도량

일대사인연으로 시방세계에 오신
성파 대종사의 한량없는 가르침이
동트는 아침 햇살처럼
중생의 어둠 밝히시어
억만 꽃이 활짝 피어나더이다

# 사월에

사월
봄을 간절히 기다리며
꿈을 꾸었습니다
먼동이 트는 새벽이
어두운 그림자를 몰아내고
따듯한 온기를 가져왔습니다
기다리던 새잎이 돋고
푸른 숲이 우거지며
여기저기서 꽃이 피어
노래가 들리며 야단입니다
멀리서 앉은뱅이꽃이 내게로 걸어와
나는 하염없이 눈물이 났습니다
사월
어느 날 아침
산다는 것이 이런 것인가
꿈은 꿈이 아니었습니다

# 꽃 피고 지는 것은

벗나무 가지에
꽃 피는가 하더니
바람 불어 피었던 꽃이
나비처럼 떠돌다 간다
가는 봄의 몸부림인가
행인의 발길에 짓밟혀도
서러워하지 않는다
꽃 피고 지는 것이
영원히 사는 것인 줄 알았기에
잎 피고 열매 맺어
한 세상 곱게 살다 가려는 것
그래야
영원히 사는 것을 깨닫기 때문
삶도 그와 같으면
얼마나 좋은까

# 등 공양

오늘같이 좋은 날
초파일 대천지 사찰마다 길길이
길을 찾아 떠난 이들
쏟아지는 햇빛 사이로
미소 짓는 부처님께
연등 달아 어둠 밝히니
세찬 바람에 꺼지지 않고
심중 소원 다 들어주신다
극락이 어디 뫼고
지옥이 어디 있으랴
오늘같이 좋은 날
부처님같이 활짝 웃어라

# 연등 찾아갔더니

초파일 이른 새벽
샛별 같은 등불 하나 보여
찾아갔습니다

문현동 산꼭대기 24번지
대문도 없는 방문 기둥에
매달린 연등 하나
홀로 밤을 지켰나 봅니다

노동판에 다니는 아버지는
사나흘 굶었는지 핼쑥하여
외롭게 돌아누워 기침하고
우두커니 앉아있든 아들은
냉수 그릇을 내밀며 코를 훌쩍입니다

부처님이 다녀가셨는지
낙산사 종이 울리고
아버지와 아들이 밥상 앞에서
밥을 푹푹 떠 넣을 때
뜬눈으로 밤을 새운 연등은
그제야 눈을 붙입니다

여름

# 찔레꽃을 꺾지 마라

푸르른 날
소쩍새 가끔 우는 고요
흐르는 물소리 참 고아라
낮달이 숨어 엿보는 호젓한 숲길
날개 잃은 천사의 품에서
뒹굴어 으스러진들 어떠리
사랑에 빠진들 어떠리
그리움 애타는 찔레꽃 순정
내딛는 걸음마다 풀어헤친
연녹색 옷고름 하얀 꽃구름
길을 헤맨 사향노루의 슬픔인가
마냥 그대로였으면 좋았을 것을
우윳빛 고운 볼에
치맛자락 부여잡고 꽃길 가는
너의 달콤한 입술을 훔치고서
나는 몇 날 며칠 내게 원망할 거야

# 고향 생각

길을 잃어 우두커니 서 있는
비에 흠뻑 젖은 새 한 마리
내가 그 꼴이 된 날에
유독 유년 시절이 생각나는 것은
고향 때문일 것이다

봄볕에 강아지는 졸고
전설처럼 좁은 산골짜기에
대나무 장대 걸치어
걸터앉아 풀피리 불며
별 하나에 꿈을 매달아 소원 빌었던
그곳이 내 고향이다

고향 떠나 삶이 버겁거나
때로 내가 나를 미워할 때
손을 내민 어머니의
다독이는 음성이 벼락처럼 들리는
그곳이 내 고향이다

헐거운 고무신처럼 마음 편한
고향 산천은 옛 그대로인데
고향 떠난 그리운 이들이
그 시절 생각 아니 할까 더욱 그립다
가난한 우리에게 날마다
무지개가 높이 뜨는
그곳이 내 고향이다

# 어머니 생각

고요히 눈 감으면 다가오는 어머니
창문 너머 하늘 만 리
빤히 바라보는 별 하나에
자꾸만 눈이 간다

곱게 물들인 다홍치마
열아홉 소녀는 꽃가마 타고
굽이굽이 오솔길 산길 지나
스물한 살 신랑 찾아왔더니
담장 너머 초가삼간이
한평생 회로 할 터전이었단다

시집온 지 이틀 만에
혼수 적다 구박하는
시어머니 시집살이에 말 못 하고
누가 볼까 봐 뒤꼍에서
숨죽이며 눈물로 지샌 세월이
강이 되고 바다가 되었다며
하소연하는 바보 어머니

더위도 숨이 차는 한여름은
삼베 적삼이 땀에 절고

긴긴 겨울밤마다 베틀에 앉아
젊은 시절 한세월 보내어
청순한 봄은 가고
주름살에 굽은 허리만 남았다

부모 봉양 못 한 자식이 찾아가면
못난 어미 찾아와서 고맙다 고맙다
연신 고맙다며 눈물짓는 어머니
방금 한 말씀 또 하시는데
나는 웃음을 지어야 한다

가슴에 물든 어머니 생각
생은 유한한 것
젊음 사랑 맹서 뜨거운 숨결
이 모두는 이별이 끝이 아니다
오늘 마지막 시간이 떠나는
밤 영시
감사한 하루 주시어 참 고맙다며
어머니의 강녕을 기도한다

# 수국

오는 님이
아니 올까 걱정되어
마중 갔더니
어디서 많이 본 듯한
청순한 얼굴은
사뿐히 다가오는 나의 연인 같아라

우리의 지난 기억을 잊은 듯
수줍어 말 아니 하고
살포시 미소 짓는 당신은
보는 나의 가슴을 무너지게 한다

연신 웃는 웃음꽃 바다에서
침을 꿀꺽 삼키며
하루 종일 나는
네게서 헤어나지 못한다

# 나팔꽃

이른 새벽부터
점순네 담장 아래서
수군대는 소리가 난다
가만히 듣고 보니
누가 정분이 나서
담장을 기어올라
야반도주하다 들킨 모양이다
동네방네 떠돌며
쌍나팔을 불어대어
나도
덩달아 바람이 났다

# 폭포

더 높은 곳에서
더 낮은 곳으로
절벽 위에 서서
제 몸 낮추어 떨어지는 것이
너의 절대적 운명이다
절벽을 뛰어내리는 것만이
낙하는 절망이 아닌 희망이다
누구도 뛰어내리지 못한
천 길 낭떠러지를 뛰어내려야 한다
소용돌이치는 세상
산산이 부서져
하얗게 만신창이가 되어야
다시 사는 길이다
거침없는 폭포는
시퍼런 칼날 같이 긴장된 순간
서릿발 같은 단호한 자세로
기꺼이 몸을 던지는구나

# 청송 주산지

봄 여름 가을 겨울
변화무상한 세월을
쉼 없이 달려온 그대의 영광이
푸른 소나무 같구나

호젓한 주산지
피어오르는 물안개
세상 찌든 때 씻어주려
따듯하게 물 데우는
어머니 마음 같구나

보일 듯 말 듯 한
버들 중의 버들인 왕버들
수많은 이의 플래시에
살짝 지은 엷은 미소는
보는 이의 애간장을 태운다

그대 품에서 떠날 줄 모르던 나는
남긴 발자국을 먼 발춰서 바라보며
홀로 계시는 시골 노모를 생각한다
어서 가라며
아득히 보일 때까지
손 흔드는
다시 뵙고 싶은 청송 주산지

# 어머니의 술 이야기

오래된 옛적 이야기

아침저녁으로
할아버지의 술 상 차리느라
참 고생도 많았단다

해장술이 생각나서 찾아오는 할아버지 지인들
술 적으면 물 한 바가지 듬뿍 부어
술상 차려 올려도 맛있게 드셨단다

술상 앞에서 하시는 말씀 생생한지라
술은 술술 잘 넘어가는데
찬물 냉수는 입안에 맴돈단다
술맛 좋다는 말 한마디가
술값 높이 챙겨주는 것이란다


— 어머니의 이야기 중에서

# 어머니의 청춘

시집올 때 입으셨던
어머니의 남색 치마저고리
강물처럼 흘러온
햇살 아래 반짝이는
한평생 고이 간직한 청춘이다

오늘도
어머니가 손수 짠 남색 천은
강물처럼 너울너울 반짝이어
흘러온 역사가 된다

# 전통시장

닷새마다 열리는
옛사람의 숨결을 이어 온
사람들의 냄새가 나는
전통시장이 나는 참 좋다

도처에서 온 없는 것이 없는
발 디딜 틈 없어 걸음 떼는 것도 잊고
구수한 사투리가 정겨워 퍼질고 앉아
국밥 한 그릇에 막걸리 한 사발을
옛 생각에 젖어 먹을 수 있는 곳이라서
나는 그곳이 좋다

이거 얼만교
좀 깎아 주시랑께
아니지예
그리 가져가이소

오가는 정이 가득한
마음을 이어주는
많이 듣던 구수한 사투리가
내 어깨를 툭 치고 지나칠 때
눈물이 왈칵 난다

# 아버지, 그곳은 어떠신지요

바람 소린가 하였더니
아버지의 기침 소리다
허덕이던 나의 지난날을
꼭 껴안아 주시던 아버지

살다 보면 고비 없는 때가 없다며
고비마다 함께 가자고 했습니다

비에 젖어 무너진 담장처럼
삶이 와르르 무너져 내릴 때
눈물 감추어 애써 웃으시며
괜찮다고 다독이시던 당신은
든든한 버팀목이었습니다

당신을 위해 지금 나는
아무것도 할 수 없습니다
새벽잠이 깨여 눈 뜨면
'아무 탈 없지'
하는 당신의 목소리가
나직이 들립니다

아버지,
그곳은 지금 어떠신지요

# 어머니

내 이 세상에 올 때
나는 당신이 누군지 몰랐습니다
당신도 내가 누군지 몰랐을 것입니다
그런 나는 당신 품에서
당신 생명처럼 지극정성 보살핌에
사랑을 받았습니다
당신이 예순 고개를 넘어서는
넘어가는 고개를 헤아리지 못합니다
내가 당신의 뒤를 이어 고개를 넘어가고 있습니다
당신은 예순 고개에서 청순하고 고왔습니다
못 난 아들 뒷바라지
평생을 다하고도 모자란다며
"좋은 때 낳았으면
사주팔자 좋아 고생 없이 살 건데"
늘 미안해하고 죄송해하시는데
그건 나의 인연 공덕으로
몸을 받고 이렇게 살아온 것은
한량없는 감사와 축복입니다
지금 가는 고개는 버거운지
가끔 아들이 누군지 몰라볼 때
내 맘은 하염없이 젖습니다
드릴 말씀은 죄송하고 고맙습니다
사랑을 갚아야 할 때가
지금입니다

# 강물

찰싹찰싹
바다로 가던 강물이
어디쯤이 바다인지 알 수 없다며
투덜투덜 투정을 한다
내 너의 깊은 사정은 몰라도
불편한 진실은
내 어찌 모를까
울어 괜찮다면
아무도 없는 여기서
목 놓아 실컷 울어라
나도 너처럼
그런 때가 있었다

# 어머니의 기도

어머님이
죄라고는 땅 파먹고
자식 키운 게 전부라고 한다

초파일 이른 아침
청수에 몸 치장하여
없는 죄 업장 소멸 기도하려
부처님 도량을 찾아 가신다

맑고 고운 하늘 아래
부처님 자비 광명 밝히는 연등에
이름 석 자 적어 넣고
이만하면 되었다며
합장하여 기도하신다

# 어머니의 기억과 대화

감나무에 앉았던 참새들이
거름 무더기에 내려와 앉는다
저네들이 배가 고팠던 모양이지
참 오래된 이야기다
끼니마다 네 할머니가 떠내준 식량으로
밥 지었더니
내 먹을 밥이 없어
굶은 때가 부지기수다
우리 식구 못 먹는 쌀 뭐 하겠냐며
온 마당에 네 아버지가 패대기치니
그때부터 밥 구경했다고 한다

시집올 때 가져온 게 없으니
쌀 아껴 고모들에게 나눠줘도 말 못 했다
고이고이 자라서 시집온
내 며느리는 딸 같이 소중한데
변소 간 구더기 보듯
왜 그리 미워하는지
네 외할머니 소 잡고 돼지 잡아
오고 가며 볼 수 있게 읍내에 시집보낸다더니
내 나이 열다섯에 떠나가고
면 의원이던 오빠는 열여섯에 갔으니

얼이 나간 올케 밑에 부엌 댁이 하다가
야무다고 열아홉에 실리댁이
중매하여 시집이라 왔더니
날이 날마다 예단 적다고
구박하는 얘기 들은 실리댁이
만석꾼도 저기 있고
천석꾼도 저기 있다
너무 그리하면 그 벌 어찌 받을래

자식새끼 낳고
젖이 나와야 젖을 먹이지
누룽지 숭늉 먹고
베도 베도 수 없이 짰단다
굵은 실은 하루에 한 끄티*
가는 실은 이틀에 한 끄티
명주 베는 사흘에 한 끄티 짰더니
내 허리 이렇게 굽었다고 한탄하신다
베틀 열매 되겠다며
아버지가 난리를 쳤단다

천지 강산
사람 살 곳 없던가
이 골짝에 살다가 늙어 빠졌다

———
* 한 끄티 — 20자

청춘은 가고 없는
문패도 번지도 없는 남의 백발 가져와
갈 곳 없는 마포종점에 왔다고 한다
청청 하늘에 잔별도 많고
요네야
가슴속에는 희망도 많았단다
수리수리 마하수리 수수리 사바하
죄 안 짓고 살아야지
하면서도 구업 지어 부처님께 빈다

혼자 살면 안 무섭소
집 팔고 아들 따라 가소
밤이면 밤마다 깊은 야밤에
드르륵 문 두드리는 소리
낼 저녁에 팔팔 물 끓여
꼭지에 퍼부을 기다
누군지 밖에 나가면 알 거로
그제야 안 오더란다
곡식에 제비같이 잘 있는 내게
집 팔고 가라는 사람 보고
사라 마라 할 이유가 있는가
자식 온다고 하면 이것저것 숨기는
놀부아지매는 아들과 의논 없이
자기 살던 거가사 팔아
제 주머니에 챙겨 넣고 남은 돈 떼어주니 아들이

마당에 팽개쳤더니 돈 줍는다고
엉금엉금 기어가다 다시 시골 와서
집이 없어 남의 집 셋방살이 신세
때 되면 우리 집에
밥 먹으려 한두 끼도 아니고
그만 오라 했더니 반찬이 없다나
돈 놔두고 뭐 할 끼요
자식만큼 소중한 게 어딨을까
그리하면 어느 자식이 좋아할까

어려서는 친정 부모 시집
시집와서는 시가 부모 시집
나이 들어서는 자식 시집
여자는 한평생 시집살이 세 번 한다는데
세월 가면 혼자 가지
아까운 내 청춘 왜 데리고 가나
살다 보면 잠시 잠깐
풀잎에 이슬이다
작은 집 사촌 동서가
이렇게 살아봤자 뭐 하겠노
큰어머니 밑에 고생할 것 생각하니
자기 발자국이 안 놓여 어찌 갈까
당숙모가 아무 날 아무 시
끝순 말순 혜선이 서울 도망갈 때
같이 가자 했단다

저 새끼들 누가 키우겠소
당장 고아원 갈 건데 못 가겠소
성님 가고 나면 나는 어찌 사요
동네 사람들 몇이 밤중에 도망가다
배고개 재에서 순사한테 붙들려
데리고 가라는 연락이 왔단다
이튿날 온 고을이 들썩들썩
성님 갔으면 어찌할 뻔했소

시금치 캐고 쌀 찧어 장에 갔더니
지나가던 사람이 흘린 돈을
장사꾼이 제 발로 슬쩍 감추기에
불러 세운 사람이 바쁜데 오라 가라 한다며
투덜투덜하더니만 고맙다고
만원을 빼 주기에 도로 던져 주었단다
맛있는 것 사서 같이 먹을 건데
아니요 우리 집 찾아오면
맛있는 식사 대접하리다
우리 집은 영현면 대법리 258번지

할머니가 어머니께
'배 안 곯고 잘 먹고 잘살다 간다
잘못한 것 용서해라
내가 극락 가겠나'
앞도 뒤도 돌아보지 말고 극락 가이소

네 당숙모는 지옥 가라고 하지
왜 그랬냐고 하기에
지옥 가면 우리 새끼들 어찌 하겠소
듣고 보니 그게 옳다며 맞장구쳤단다
갈 때 쌀 찍어가란다
배곯지 말고
돈 뭐 할 거고
먹고 싶은 것 사 먹고
부귀영화  탐하지 말고 수명장수 건강해야 한다

천지신명님네
사만시주님네
터주지신님네
길대장군님네
하하 동참하시어
우리 새끼 사 남매
쇠말 천왕 타고 동서남북 다 다녀도
잘 오고 잘 가고
무병장수 일신봉천 시켜주시라고
눈만 뜨면 손을 모아 기도한다
부자는 산소에서 나고
인물은 집터에서 난단다
이 집터가 좋다
이 집 팔지 말고 아들에게 물려주란다

나고 죽는 것을 누가 아냐
가는 날이 언젠가는 모르지만
부르면 따라갈 거다
네 아버지 먼저 가고서
희다 검다 말도 안 한다
오늘 가도 두 손 들고 따라 갈기다
춘하추동 사시절에
아니 놀고 뭐 했는지
많이 먹고 많이 놀다
내 갈 때 좋은 날 좋은 시에
극락세계로 인도하소
좋은 집에 다시 태어나
귀염 받고 살았으면 좋겠단다
나는 다시 태어나고 싶지 않지만
어머니는 다시 태어나 살아보소
큰아 네가 있으니 든든한데
가고 나면 내가 서분 컸다
지나가던 구름 위에
어머니와 나는 둥실 떠간다


－어머니와의 대화 글

# 별 그리고 나

내가 둥지를 튼 곳은
이제 야트막한 낮은 곳이다
오랫동안 긴 비행에
높이 떠다니는 것은 힘겹다
잘못되어 산산이 부서질까
저공비행을 한다
창문을 연 밤하늘은
언제나 별이 반짝인다
내가 잠든 때나 깨어있을 때나
비가 내리는 어두운 날에는
유난히 반짝인다
별이 떠 있는 날이면
사람들의 웃음소리와
다정하게 오가는 얘기는
그리운 노래가 된다
별이 쏟아지는 푸르른 날
나는 감사의 기도를 한다
함박눈이 내리는 오늘은
별이 더욱 반짝이도록

# 청양고추

초봄부터 날이면 날마다
얼마나 많은 손길이 닿는지
아이 같아 넘어질세라 붙잡는다
샘이 난 바람이 속을 헤집어도
쑥쑥 자라 마디마디 꽃으로 핀다

속뜻은 알 수 없으나
어느덧 낯 붉은 얼굴
순정을 받치어
선혈이 낭자할 때 나는
맥박이 뛰고 입안이 얼얼한다

그대를 내가 깨물 때는
나는 어쩔 줄 몰라
'호 호'
연방 비명을 지르며
온몸에 전율이 온다

'그놈 참
제구실 하구먼'
툭 내뱉는 말에
얼굴 빨개지며
꿈결 같은 사랑이
한낮 태양처럼 이글거린다

# 옥수수

지금까지 살아오며
나는 내 삶에 대하여
골똘히 생각한 때가 없었다
산다는 것 자체가 삶이었으니
오늘 아침 어머니가 내 발을
정말 수고 많았다며 쓰다듬는다
속 썩이지 않고 열심히 살아줘서
당신께서 복이 많았다고 하신다
당신이 밥을 짓겠다며
손수 며칠 드실 밥을 짓습니다

오늘 점심은 삶은 옥수수입니다
식사가 아닌 식사가 끝나고
어머니를 홀로 두고 떠나오는
내 심정이 편안하지 않습니다
이런저런 생각으로
길을 재촉할 수가 없습니다
길 양옆으로 간간이 삶을 생각하는 글귀가
나를 혼란스럽게 합니다
"삶은 옥수수"
뜨거운 찜통 같은 삶의 고난이
생을 더욱 빛나게 할 수 있다는 것일까

# 사랑하는 사람에게

사랑하는 사람아
사랑하냐고 내게 묻지 마라
하늘만큼 땅만큼 사랑한다고
사랑하는 것이 아니다

나의 사랑은
무게가 있거나 값으로 매기는
통속적인 것이 아니다

한시도 잊은 적 없는
너의 그리움이
외로움에 더욱 그립듯
하염없이 당신을 기다리는 것이
나의 사랑이다

사랑하는 사람아
나의 사랑은
내 침실의 벽지처럼 낡아가듯
흠뻑 정이 들어 눈물 나는 것이
나의 사랑이다

# 화성에서 온 나는

내가 어찌하여 생겨나
내가 어떻게 살아야 하는지를
나이 들어 알게 되었다

나의 육신은 피와 살
나의 영혼은 이데아
나의 삶은 신의 뜻대로

화성에서 수억 겁의 바램으로
지구 어느 골짜기를 찾아온 나는
눈 깜짝할 사이
지구를 떠나야 할 때에 이른다

계절은 피고 지는 꽃이다
세월은 나를 인도하고
따스한 화롯불 같은 온기로
살다가 가야 할 여정

활활 타오르는 불 같은 육신
거침없는 세상살이
바다 같은 넓은 세상

가로등처럼 빛나다
어느 순간 깨지고 부서졌다가
사그라지는 잿불이 되리라

목성에서 온 어머니
화성에서 온 형제와 친구
살아갈 터전은 토성에서 가져온 것으로
여유는 금성에서 즐기고
꿈의 깃발은 수성에서 흔들어야 했다

별들의 세계에서
멋지게 비행을 하다
별똥별처럼 불타는 날은
나의 아름다운 마지막 여정이 되리라

# 부처님을 친견하다

지인이 알고 지내는 부처님은
찾아오는 이의 소원 하나는
꼭 들어 주신다기에
부끄러움을 무릅쓰고 뵈려고 갔다
나를 시험하려는지
길을 한참 헤매다가
인적 없는 빛바랜 대문 앞에서
태연하게 마침표를 찍었다

길 한 모퉁이서
아주 작은 푯말이 길을 안내한다
가파른 산길을 땀에 젖어 반 시간
부처님께서 어찌 왔느냐고 하시기에
숨 고르고 삼배를 드린 후
대좌하여 후련하게 털어놓으니
소리 작다고 호통 치신다

스님이 안 계시어
고뿔 걱정에 방문을 꼭 닫았다
느티나무 아래서 나이 든 의자가
안쓰럽게 내게 자리를 권한다

누가 있나 싶어 헛기침했더니
고요한 산사를 지키던 바람이
부처님과 차 한잔하라며
공양간을 열어젖힌다

나는 주인
부처님은 손님
종이컵 찻잔을 높이 받쳐
사는 것이 무엇이며
어찌하여 예까지 오셨냐고 여쭈니
그 묻는 마음도 비우고 가라며
빙그레 웃고만 계신다

# 부처님 걸어 나오시다

일주문에 들어선 바람이
고요한 산사를 깨우며
누가 도반이냐고 묻기에
색즉시공이라 하였더니
공즉시색이라 한다

묵상하듯 한
허공에 떠 있는 물고기는
한 줄기 바람 일어
별빛처럼 맑은 눈망울에
봄빛처럼 고운 소리를
산사에 가득 메운다

대웅전 부처님 뵈니
인연 따라 인연 오듯
내 찾아감을 저 바람이
기별했던가

댕그랑 댕그랑
작은 풍경 속에서
부처님 걸어 나오시다

# 마라나타

주여 오소서
믿음이 약인 것을 잊었습니다
소망이 약인 것을 잊었습니다
사랑이 약인 것을 잊었습니다
주의 종이 되지 못하고
광야에 떠돌아다녔습니다
나의 가슴에 주의 성령이
함께 있다는 사실조차 몰랐습니다
시간이 가고 떠난 후에야 알았습니다
복과 웃음이 곁에 있을 때에
가장 겸손하게 살아야 했습니다
가장 행복한 때에
주를 섬기고 살아야 했습니다
주님을 향하여 가는 길이
가장 평화로운 영광입니다
마라나타

# 유월 첫날

유월 첫날
찾아간 흰여울 해변
싱싱한 바다를 통째로
회를 쳐서 먹었습니다
뱃속에는
세찬 파도가 밀려오고
물고기는 헤엄을 칩니다
부서진 물결이
보석처럼 하얗게 반짝이듯
조각난 나의 삶이
슬픈 것만은 아니었습니다
순간 나는
하얀 파도가 밀려오는
바다가 되었습니다

# 폭풍우에게

짙은 먹물 같은 하늘이
입을 굳게 다물었다
도란도란 지내던 사시나무는
오뉴월 한기 든 듯합니다
새들은 급히 숲으로 가고
사람들은 종종걸음으로 내달린다
폭우가 순식간 앗은 거리
머리채를 흔들며 울부짖는 나무
나는 고백하여 기도한다
우리가 지은 죄는 무엇입니까
너는 푸른 세상을 만들고
나는 너의 품에서
친구가 된 것뿐이다
지금 우리가 힘든 것은
누구 때문이 아니다
아침이 와서
저지른 일이 부끄럽지 않으려
아니 온 듯 왔다가길 바랄 뿐이다

# 바다

바다는 살찐 고래다
넘실넘실 춤추는 고래다

밀려오는 파도는
부드럽게 빛나는 바다의 노래
뭍으로 오르다 오르다가
거친 숨을 몰아쉬며
하얗게 자지러진다

흐드러지게 반짝이는 눈꽃 같은
그 꽃 가득한 바다가 만든 꽃밭이
아이야
눈이 시리면 어떠리
나는 주체할 수 없어
눈물 한 방울을 바다에 쏟아 부었다

# 칠월의 바닷가에서

금빛 모래밭에
유영하는 파도 소리는
철없던 나를 찾던
어머니의 목소리 같다
물살을 가르며 먼바다로 가는
미역 따러 가는 남정네와
물고기를 뒤집어 말리는 여인네는
한시도 바다를 떠날 수 없다
그런 바다는 종일 눈부시게 반짝이다
가치놀이 어둠 속으로 떠날 때
잿빛 갈매기는 날아가고
허공을 바라볼 뿐이다
모래성을 쌓던 연인들이
말풍선을 그리다 집으로 가면
외로운 섬 하나에 불을 켜놓고
우우 우우 소리 내어
뭍으로 달려올
그 바다가 참 좋다

# 그리운 바다

수평선 너머에
누가 사는가
그리운 바다 그리워
찾아갈 때면 내 손을 꼭 잡는다

파도를 등에 동여맨
경주마처럼 해안으로 달려오는
바다는 청춘이다
청춘
그 옆에서 나는
옷깃에 숨겨둔 나의 낡은 칼을
몰래 던져버린다

종일 제 혼자 뛰놀던
바다
꽃상여 같은 노을이 지고
새들이 모두 떠난 후
성자처럼 외딴섬에 등불 켜서
밤새도록 반짝일
그 바다와 나는 마주 앉아
얘기를 나누고 싶어라

# 황태탕에서 어찌 이런 일이

시퍼렇게 눈을 뜬
황태가 기다리는 그곳
네가 꿈꾸는 꿈은 무엇인가
알싸한 소금 바람이 불어오는
낙타 등 같은 해안 길 따라간
소문에 소문이 난 그곳에
바다로 돌아가고 싶은
바다가 아닌 산골 덕장에서
죽어 천 년이 된 미라가
눈물짓는 미소를 머금고 있다
실컷 두들겨 맞고 들어간 곳이
고작 펄펄 끓는 양푼그릇이던가
파도가 밀려오는 창가에 앉은 나는
잔인하게 그의 고향을 묻지 않는다
간밤에 마신 술은 바닷물이 되고
황태는 슬슬 헤엄을 친다

# 신이시여, 당신은 위대합니다

나는
바람을 보았습니다

모여들기 시작하는 구름 떼
팽팽한 긴장감이 찾아온 대지에
길거리 가로수는 침묵하고
갑자기 누가 쳐들어올 것처럼
어린 풀과 작은 나무는 겁에 질려
벌벌 떨고 있다
전쟁이라도 난 듯 쿵쿵거리며
번쩍번쩍 지나가는 불빛이
둥지 큰 나무를 쓰러뜨리고
손발 같은 가지를 툭툭 잘라낸다

눈에도 보이지 않은 것이
저렇게 행패를 부려도
누구 하나 손 쓸 수 없는 것은
인간의 나약함인가
신이시여
당신은 위대합니다
용서하소서

# 숲길에서

나뭇잎 사이
슬핏슬핏 끼웃거리는 하늘
초록이 물드는 숲길은
파아란 풀 냄새가
어찌 반갑지 아니하랴
연신 터져 나오는 감탄사는
햇살에 반짝이는 나뭇잎 같이
나무는 나를 바라보고
나는 나무 그늘에 앉아
너와 나
우리는 그대로가 좋아
서로가 서로를 바라본다

# 인생

내가 태어난 곳이
시발역이요
내가 떠나는 곳이
종착역이다
세월은 내가 떠난 후는
나의 인생을 걱정하지 않을 것이다
그래서 나는
크게 기뻐할 것이다

# 밥 한 숟가락

밥맛이 없다는 어머니는
한 숟갈만 달란다
드신 것도 없는데
한 숟갈이 괜찮은지 여쭸더니
괜찮다며 많이 먹으니
오래 산다고 하신다

짐짓 밥 한 숟갈 드렸더니
물끄러미 바라보신다
달라는 대로 드렸는데
그렇다고 한 숟갈만 딸랑 주냐며
좀 더 달란다
어머니의 밥 한 숟갈은
한 숟갈이 아닌
세월인가 보다

# 시간 여행


세상 살다 보니 내게
덤으로 오는 것이 있었다

불어오는 싱그러운 바람처럼
산과 바다와 하늘이 주는 선물처럼
때맞춰 어김없이 찾아오며
이 모두를 사람들과
골고루 나눠 가지란다

정성껏 마련한 식탁
출근 때 매는 분홍빛 넥타이
나를 기다리는 버스 정류장
땀 흘려 일할 수 있는 곳
아는 이들과 주고받는 이야기
생각지 못한 어처구니없는 일
포기하고 싶은 연속된 스트레스
이 모두는
나의 시간 여행이었다

어린아이처럼
풀풀 살아 생기 있는 마음으로
하루도 쉼 없이
떠나는 시간 여행이 나의 인생이다

가을

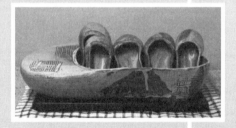

# 가을은 여위어 가고

상큼한 햇살 아래
삶이 풋풋하게 돋아나는
거침없이 뛰놀던 피 끓는 청춘이
이슬처럼 땀방울이 되는 날은
나를 고마워해야 한다

눈물이 기쁨처럼 솟아나고
삶이 풀풀거리는 땀 냄새
눈코 뜰 새 없어 헝클어진 머리카락
하얀 웃음 속에 드러난 꿈이
내 머릿속에 꿈틀거리는 날은
나를 소중히 해야 한다

바스락대며 지나가는 바람이나
밤이면 찾아오는 소쩍새의 눈물과
잠 못 이루어 정을 나누는 날은
서로를 걱정해야 한다

가을이 여위어
깊어가는 시간에 낙엽은 가고
별빛이 더욱 애처로이 다가오는 날은
조용히 나를 돌아보며
이웃을 더욱 사랑해야 한다

# 배추벌레

꼼지락꼼지락
애벌레가 즐겨 먹는 배춧잎을
나는 쌈을 싸서 맛있게 먹었다

자유로운 나비의 꿈을 꾸는
애벌레

배춧잎을 먹는
나는
멋진 날개를 달고
나비처럼
날아라

# 겨우살이

아스라이 매달려 살아가는
당신은 외로운 광대
거친 바람과 내리쬐는 햇살과
맞서 싸워야 하는 고통
물 한 모금 마시지 않고
광야를 걸어가야 하는 운명
가야 할 길이라면
누구를 원망하거나
자신을 탓하지 않는
원대한 포부로 별을 꿈꾸며
풀지 못한 숙제를 해결하려
머리를 꼭 싸매고 둥지에 매달립니다
공중에 매달린 당신을 바라보는 나는
삶을 허투루 보내지 않으려 맹세합니다

# 세월은 돌아보더라

사는 게 사는 거라니
날이 날마다 삼베적삼 땀에 젖고
배고파서 허리띠 조르고 조르다
남은 것은 등가죽밖에 없었지라

이웃집 가산댁이 도망가자 꼬드겨도
자식새끼 길거리 나앉아
거지 패 따라갈까
시집살이 신물 나게 하였지라

그래도 그때가 좋았으리
어린 것들 올망졸망
쑥쑥 자라나는 텃밭 무 같아
밥 안 먹어도 배불렀지라

뵐 때마다 당신이 읊는 노랫가락
젊은 내 청춘 어디 가고
남의 백발 쓰고 버릴 때 되었는지
헛소리가 자주 나오지

듣도 보도 못한 한스러운
구질구질한 청승맞은 지난날이
그랬으면 어쩌라고
그래도 너네들 키웠으니 잘 들으랑께

요즘 잘 입고 잘 먹는 거
노랑머리 물들이어 이국인 멋 부리는 거
뿌리 없는 나무 없고 가지 없는 열매 없듯
세월 잊고 꼬부랑 할멈 된 우리네 덕분이여

천당이 하늘에 있던가
인생도 저 하늘 구름 같은 기여
오늘은 꽃무늬 치마 두르다가
내일은 넓디넓은 집 지어 살다가
그러하다 해 지면 가는 기여

후회는 세월이 주는 선물이여
선물이 많은 것은 바쁘게 산 거여
지난 세월은 돌아보니 가고 없고
오는 세월은 어디까지 손을 내밀지
기다리지도 말고 돌아보지 말랑께


– 어머니 이야기를 듣고

# 나는 바보 중에 바보다

연일 쏟아지는 폭우는
상상을 초월한 일을 저지른다
키가 큰 가로수는 무서워 떨고
작은 풀은 연신 아우성이다
지나가던 사람은 물에 빠진 생쥐처럼
우산도 버린 채 도망치고 있다

누가 한 번도 경험하지 않은
길로 안내한다기에
꽃 피고 새 우는 길인 줄 알고
가슴 설레어 잠 못 이룬
그 길이 재앙이 재앙을 부르고
거짓과 위선이 꽉 들어찬
강한 자가 약한 자를 누르는 길이 될 줄이야

풀잎이 이슬의 무게를
날아가는 새가 허공의 무게를 알랴
내 어찌 세상의 무게를 알겠냐마는
세상 걱정을 짊어진 나는
바보 중에 바보다

# 아름다운 영혼

상처받지 않은 때가
어디 없으랴

누구에게 속속들이 말 못하고
벽을 보고 울어야 하는 때가
어디 없으랴

울어야 할 때에
웃어야 하는 때가
어디 없으랴

손에 쥔 것 없이
내일은 오고
그래도 꿈을 찾아가는 일그러진 영웅은
열정의 깃발은 높이 들어야 했다

강물에 떠가는 풀잎처럼
바다에 이르려는
영혼은
반짝이는 바다가 되려고
금빛처럼 반짝이는 바다가 되려고 한다

# 청송 사과

가을이 와르르 쏟아지는
내 어릴 때
새콤달콤한 먹고 싶은 과일이 있었다

어머니는
시장에 가셨다가
엄두가 없어
언제나 빈손으로 돌아오신다

시무룩한 표정에
다가오는 장날 꼭 사 주시겠다는 약속을
여러 번 하셨다
약속이 약속으로 끝나는 것은
나이가 들어 알았다

작년 가을
사과 한 상자를 들고
어머니를 뵈었더니
하필 청송 사과가 먹고 싶었는데
이 많은 것이 어디서 왔냐고 하신다
볼이 빨간 청송 사과는
어머니와 함께 활짝 웃는다

# 영축산 가을은 이렇게 온다

봄이
아직 걸음마를 떼기 전
매화꽃이 통도사의 귀한 손님으로 오던 날
욕계를 헤매다 찾아온 이가
시작도 끝도 없는 말을 늘어놓고
가을과 함께 오겠다며 떠났습니다
허풍도 유분수라 까맣게 잊었는데
소문만 간간이 들릴 뿐 무소식이다
청정무구한 지혜와 자비의 도량인
삼세제불 깨달음이 있는 통도사
산사를 휘돌아 반야의 언덕에 이른
지극한 정성으로 꽃이 피었는가
산도화 꽃길 따라가시더니
산자락 골골이 창포물 들이어
노루 사슴 뛰노는 청산이 되었다가
소슬바람 불어올 때
세월의 강을 건넌 사연들은
무지개처럼 높이 뜨고
통도사 앞뜰의 나뭇잎은 깊은 잠에 들며
사람과 사람들의 가슴은 뜨거워서
발갛게 꽃물이 든다

# 단풍

더위와 폭풍이 아무렇지도 않은 듯
한 톨의 씨앗을 남기려
굳건히 살았다
하늘 맑고 구름 둥실 떠가는 날은
무슨 걱정이랴
고난이 오는 때는 다가오는 아침이 두렵고
그 아침을 죽은 듯 지내야 하는
무정한 세월이 삶을 채찍질했다
그렇게 살다가 좋은 시절 올쯤
모든 것을 내려야 하는 것이
이별과 슬픔의 고통이다
형편을 모르는 이들은 당신의 고통이
그들의 감탄사와 시가 되기도 하지만
당신을 인정하는 것 같아 고마운 일이다
적막과 어둠 속에서도
쉬지 않고 달려가는 시월에 당신은
훌훌 떠날 채비를 해야 하며
그때 사람들의 탄성에
마지막 영광을 누리게 될 것이다

# 허수아비

웃음을 선사하는 각설이
그 사촌쯤 되는
허수아비

철 지난 짧은 셔츠
챙 없는 빛바랜 모자
유행을 만드는 찢어진 바지
그대는 멋쟁이

바람에 우쭐되는 허수아비
참새들이 날아가는
황금벌판을 바라본 아버지
당신의 귀에 입이 걸리셨다

# 스님의 법어

마음 닦고
상을 내리라 합니다

상을 내리면 마음이 보이고
여여한 삶이 열린다고 합니다

오늘은 상을 내리고
마음을 닦으려 합니다

없는 마음
없는 상을
어찌 내리고 닦는지요

스님은
실상은 무상이고
묘법은 무생이며
연화는 무염이라고 하신다

# 계명암 가는 길

계명암 가는 길
숲속 나뭇잎 사이
황금 마차를 타고 오는 햇살이
눈부시어 좋다
그 숲속을 걸어가던 나는
별나라에서 온 왕자처럼
샘물을 떠 마신다
간혹 실바람이 볼을 스칠 때
장난기 심했던 어린 시절
나의 목덜미를 간질였던
실오라기 같은 푸른 잎줄기
나의 지난날을 아는 듯 한다
하찮은 일 같기도 한
아기 다람쥐 한 마리가
도토리 한 톨을 움켜쥐고
똥을 누다가 얼른 도망치는 것이
너무 귀여워서 눈물이 난다
가을 숲속 계명암 가는 길은
나를 침묵 속에 들게 한다

# 세탁

이른 아침
귀에 익은 소리는
세탁소 아저씨가 지나가는 날이다
이 집 저 집 다니며
세탁물을 거두어 간다

지난겨울 한두 번 입은
세웠던 주름은 살아 있고
갓 세탁한 냄새가 나는 옷을
세탁하려니 부끄럽기도 하다

평생 살아오며 아직 한 번도
내 마음을 세탁해 본 적이 없는 나는
오늘 아침에 마음도 세탁하는지를
물어볼 참이다

귀에 익은 소리는 들리는데
세탁소 아저씨는 보이지 않고
언론에 도배한 돈 세탁한 궂은 냄새가
집안 가득하여 코를 찌른다

# 별을 꿈꾼 소년

달빛 서럽게 울어 가는 봄날
한 점 부끄러움이 없어야
별이 될 수 있습니다
소년에게 별은
빛이요 희망이며 사랑입니다

무수한 별이 빛나는 밤하늘
눈망울이 맑은 작은 별 하나가
매일 소년을 바라보고 있습니다

수없는 날은 가고
별이 아득히 멀어 소년은
어찌할 도리가 없어
별이 되겠다는 생각에
꿈이 부풀었습니다

아무도 가지 않은 길을 소년은
생채기에 발이 부르트며 떠났습니다
소년이 지나간 발자국을 따라
사람들이 가는 길이
별처럼 반짝입니다

# 행복에 대하여

행복하다는 소리를 들으면
그 얼마나 좋은가
바람 소리에 귀 기울여
아름다운 소리를 듣는 것은
행복한 것이다

행복은 행복을 구하지 않는
무심에서 오는 것이다
무게나 길이로 잴 수 있는 것이 아니다
먼 길 가는 것을 포기하기보다
자신의 보폭에 맞춰 가는 것이다
얼마를 많이 앞서가는 것이 아니라
걸어가는 걸음걸음을 소중히 하는 것이다
걸어온 만큼을 즐기고 감사히 하는 것이다
소소한 날에도 웃음 짓는 여유가 있는 것이다
여정은 인고의 세월이 아니라
소망의 기쁨을 경험하는 것이다
삶이 이를지면
행복은 진정 아름다울 것이다

행복이 뭔지
오늘도 모르고 길을 가는 나는 바보

# 쓰레기통

품에 안았다가 떠나보내는
너의 텅 빈 가슴이
슬프기도 하겠지만
얼마나 시원하겠냐

객지서 찾아온 자식들이 떠날 때
한동안 바라보는 어머니의
텅 빈 가슴이
얼마나 서운하겠냐

뭐든지 사랑하며
누군가를 따듯이 품어주려
밤을 혼자 지키는
그런 쓰레기통의 심정이
되어 본 때가 있던가

# 시간

내가
글을 쓰거나
잠을 자거나
머리를 빗거나
야단법석을 떨어도
이 녀석은 늘 내 곁에 있다
누구처럼 앞서가거나
시기심과 욕심도 없고
누구의 뒤를 뒤따라 가지도 않는
게으름 없이 한길로 바르게 가는
빠르지도 않고
느리지도 않은 채
내 모든 일을 빠짐없이 기억하며
나와 함께 동행한다
한시도 내 곁을 떠나지 않는 너는
나의 다정한 운명이다

# 사찰 순례를 나서며

겪어보지 않은 역병이 돌아
일상이 무너져 내리고
사람은 사람을 만나는 것이
두려운 세상이 될 줄 누가 알았으랴
지나친 염려는
두려움이 두려움을 낳고
걱정이 걱정을 낳아
닫힌 공간에 머물게 한다
하루 이틀도 아닌 긴 시간을
아니 더 될 줄도 모르는
끝이 보이지 않는 아득한 날을
적과 동침하는 자세로 살아야 하니
이 또한 행인가 불행인가
죽음은 누구에게나 찾아오는
딱 한 번 운명의 기회다
두렵다고 마냥 갇힌다는 것은
삶을 포기하는 불행이다
대자연의 숨결과 호흡하는
대자대비한 부처님이 계신
사찰 순례는 반야의 길이 아닐까

# 어느 작은 교회 마당에서

햇살이 살포시 내린
어느 작은 교회에서
어린 소년이 하나님을 뵈려
성전으로 들어간다

가만가만 따라가서
어찌하나 보았더니
하나님이 소년의 말씀을 듣고 계신다

악한 자는 성냄이요
선한 자는 축복으로
믿는 자는 구원이라
하나님이 성령 꾸러미를
내게 주시기에
나도 소년처럼 묵상한다

# 거울 앞에서

어느 아침 출근길
무심코 거울 앞에 섰습니다
낯선 한 사람이 나를 바라보고 있습니다
많이 본 듯하나
누군지 알 수가 없습니다

세월을 얼마나 보냈는지
희끗희끗한 머리칼에
어디서 무얼 하는지
검게 탄 야윈 얼굴은
주름이 가득하며
말을 건넬 듯
나를 뚫어지게 바라봅니다

그 사람이
옷매무새는 제대로 갖춰 줬는지
퇴근길에 술 한 잔의 여유는 있는지
세상일에 어려움은 없는지
이런저런 생각에 부딪히다가
누군지를 알았습니다
순간
눈시울이 붉어집니다

# 월류봉

맑고 고운 풍류
얼마나 고왔으면
달빛도 그냥 가지 못했으랴

명경지수 기암절벽
구름도 비껴가는
노루와 사슴은 목마름을 적시고
찾아온 이들은 떠나지 못한다

한시도 못 잊어
헤어지면 안 될 천 년 바위
달빛은 티가 될까
고이 머물다 간다

나는 붓을 들다
달빛처럼 그냥 돌아서며
꿈결처럼
아, 아
탄성을 내지를 뿐이다

# 구월의 호수

구월
하늘과 호수
하늘은 호수에 깊이 빠졌다
너희가 말하지 않으면
누가 누구를 더 사랑하는지
나는 알 수 없다

나무숲 사이로 불어오는 바람
사람들은 호수 둘레를 걷고
나는
호숫가에 앉아서 바라본다

호수가 그린 숲속 풍경
사람들은 거꾸로 걸어가고
나무는 거꾸로 서 있다
거꾸로 서 있는 나무에
백로 한 마리 날아와 그림을 흩트린다
아무렇지도 않은 듯
호수는 다시 한 폭의 그림을 그린다

거꾸로 가는 세상
거꾸로 가는 우리에게
자리를 내어주는 구월의 호수는
더욱 맑아라

# 들꽃 축제에서

짧은 인연
소중한 만남을 위해
얼마나 많은 시간을 기다렸는지
우리는 서로 알고 있었을까
오늘은 꽃가마 타고 가는 날
이렇게 기쁜 날은 없었다
활활 꽃피는 아름다운 순간
마지막 너의 정열은
노란 듯 붉은 듯
붉은 듯 노란 듯
곱고도 고운 빛깔
향기로운 입맞춤
옷깃에 가을이 흠뻑 물들었다
추억으로 가는 길
황홀한 나는 마음속에
내년에도 피고 질
꽃씨 하나를 숨겨왔습니다

# 한량타령

처녀 총각 놀던 자리
묘를 써도 명산이요
영감 할미 놀던 자리
메밀 심어도 흉년이라
술집 각시 술 나르고
한량들은 돈 날리고
옛날 한량 활 잘 쏘고
신식 한량 돈 잘 쓰고
활 잘 쏘아야 한량이지
돈 잘 쓴다고 한량인가


― 어머니의 구전 노랫말에서

# 시가 맛이 갔다

입에 문 뼈다귀 같은
감성에 호소한 얼빠진 넋두리
이성을 상실한 혼돈의 세계
역사가 거꾸로 가는 시계
이건 아니다 아니다 하면서
바르게 가지 못하는 판단 무력증
음흉한 뱀이 이브를 홀리는 혓바닥
나는 싫다고 외치지만
신들린 무리의 잔칫상은
군중 속에 번지르하게 차려진다
넋 나간 이들의 손뼉 소리
목에 가시가 박혀 비틀거리는 포식동물
자아가 없는 좀비들의 잔치에
손님으로 가는 것은 행복 아닌 불행이다
옆에 칸트가 있다면 이성적 판단을
내게 내밀 것이다
목구멍에 분칠하여 내는 소리는
겨자를 입에 넣어 눈물을 짜는 꼴이다
존재하는 그대로 보아야 한다
그래야 시는 제 맛이 나니까

# 큰스님께

스님
나는 오늘 산문을 들어서면서도
무엇 때문에 여길 왔는지 모릅니다
부처님 앞에 엎드려 빌고 빌었지만
제가 손에 쥔 것이 무엇인지 모릅니다
돌아갈 때는 늘 빈 마음이라
공한 것밖에 없습니다

스님
오늘은 스님께 받은 것이
희열로 가득 차서 신열이 납니다
아마 그것이 대자대비한
폭풍에 꺼지지 않는 지혜의 등불로
흙탕물에 물들지 않는 깨달음의 빛으로
넘치지 않고 부족함 없이
넉넉히 담아주시어 고맙습니다

스님
나는 애초에 중생으로 태어남이
한량없이 기쁩니다
오늘은 이름 없는 제게
이름을 내려 주십니다
나는 이제 나를 미워한 고통의 눈물은
더는 흘리지 않으려 다짐합니다

# 대관령 옛길에서

가을이 떠난다는 소식을 듣고
장장 다섯 시간을 달려 태백을 넘어
대관령 옛길을 찾아왔습니다
기암절벽에 거침없는 폭포
형형색색의 현란함에 빼앗긴 눈동자
산은 곧 사람이요
사람은 곧 산이었습니다
감탄하지 않을 수 없는 풍경이
순식간에 활활 탈 줄을
어느 누가 알았을까
지그시 눈 감고 부끄러움 잊은 채
누가 나를 시기하거나
나를 부러워하여도 나는
당신의 품속에 안기었습니다
당신은 우리 곁을 떠나겠지만
다시 올 것이라는 믿음이 있기에
서운해하지 않을 것입니다
그건 우리의 약속이며
인연이니까요

# 달

수줍은 소녀 같은
휘영청 밝은 달아
어쩜 그리도 고우냐
스무 살 옆집 순이 인줄
나는 알았네

밤이면 밤마다
꿈이라도 꾸었으면
보고픈 순이 얼굴
이별이 한이 되어
달을 보고 울었네

짖지 마라 짖지 마라
달을 보고 짖지 마라
구름 속에 숨어 가면
나는 어이 하리까

# 꽃잎 떨어지는 날

누가 저렇게도 모질게
코스모스 모가지를 꺾어버렸나
봄부터 한 생을 다하여 피어난 꽃은
슬픔도 잠시
청소부 아저씨는 아무렇지도 않은 듯
마대 자루에 푹푹 쓸어 담는다
허무함이란 이런 것인가

여기 내 사랑하는
밤마다 애처로이 홀로 핀 꽃송이
꽃잎 뚝 떨어져 고개 숙인 아픔을
나는 왜 몰랐을까

구급차 요란한 소리에
청소차가 지나간다

가여운 나의 꽃이여
청춘도 눈물도
사랑도 이별도
그대는 내 가슴에
한 송이 꽃으로 피고 지고
삶이란 이런 것인가

# 지하철 안의 풍경

정오가 지난 지하철 안 풍경
출퇴근 시간이 아니라서
넉넉한 자리에 편안히 앉았다가
돌아오리라는 생각은
잘못된 바램이었다

잘 먹고 잘 난 탓인지
예전보다 체구도 크고
배려심이 넉넉한지
맹수처럼 잽싸게 자리를 낚아채기도
뭐가 그리도 좋은지 쩍 벌린 다리며
폰에 눈이 한시도 떨어지지 않는
여럿이 앉아가는 비좁은 자리는
서로가 서로를 모르는 이웃이
나란히 앉아간다

차 안의 갑작스런 소란스러움
승객들 눈이 일시에 모인다
불편하면 자가용 타고 가지
네가 뭔데 그런 소리 하냐
쌍욕 같은 말이 떠돌며
승객들의 구시렁대는 소리
눈과 귀가 피곤한 낙서 같은 그림이
지하철 안에 전시되었다

# 어느 가을 숲길에서

언뜻 바람 불어
가을 햇살에 반짝이는 나뭇잎 하나
바람결에 소리 없이 빙그르르
나그네 마음은
끝이 없는 길을 간다

파란 하늘가에
뭉게뭉게 피어오른 하얀 구름
정처 없이 떠가는데
네 갈 곳은 어디 인고

상처받은 과거와 행복했던 지난날은
겹겹이 쌓인 고뇌 슬픔을 딛고
포기하지 않으려 얼마나 애썼는데
끝끝내 빈손으로 돌아가는 나무

나무와 낙엽
이별의 순간을 바라보는 나는
네게서
생의 잔잔한 물결을 본다

# 내 어찌 차 맛을 알리오

부처님 뵈려고 가는
허공처럼 텅 빈 가난한 마음
광명이 찾아오는 광명사 산문 들어
천수천안 관세음 부르니
내가 관세음이었다

스님께서 차 한 잔을 권한다
정성으로 따르는 찻물 소리
폭포 소리 저만치 가라는 듯
도량에 울리는 맑은 향기로움이
산사를 휘감는구나

내 알 수 없는 미묘한 맛이
아버지의 쇠죽 끓인 물맛인지
어머니의 깊은 애정인지
살다가 느끼는 소태맛인지
때로는 부처님의 자비일까

반짝이는 햇살과 향기로운 바람과
신선처럼 노닐던
맑은 영혼이 차가 아니 되었던가
빛과 영광을 모를진대 가까이나 말지
가슴에 닿은 부드러움 어디에 비할까

# 사문진 나루터

대구 달성군 화원읍 사문진 1길
샛노랗게 반짝이는 나뭇잎 사이
수줍게 미소 짓는 사문진 나루터
우리나라 최초로 서양인 선교사가
악성 베토벤의 천재성을 연주한
그 피아노를 들여왔더니
소리에 놀라고 음률에 젖어
귀신통이라 놀라 나자빠졌다는
옛사람들의 우스꽝스런 표정이
나루터에 서성입니다

사문진 나루터
몰래 찾아온 가을이
당산나무 잎사귀와 정분을 나눠
이왕에 들통 난 것 얼굴 붉은들 어떠리
노을이 시샘하여 강물 위에 꽃물을 들이는데
주막을 그냥 지나치면 무슨 흥으로 사는 기여
신발 끈 확 풀어 놓고
파전과 막걸리 한 사발에
나룻배는 강물에 떠가고
사문진 나루터는 얼근히 취한다

# 겨울

# 노을

약속 없이 훌쩍 떠나는 것은
애틋하고 가슴 아픈 일이다
흔적 하나 두고 가면
누가 뭐라 하겠는지요

헤어지는 순간
불꽃처럼 활활
뜨겁게 포옹하다 돌아서는 것은
얼마나 슬픈 일인가

그러다가
남긴 흔적 지우려
돌아서서 눈시울 적시는
그리워서 그리운 날은
밤이 하얗게 될 것이다

# 은하수 너머 강물처럼

막차가 떠난 지 오랜 시간
별은 반짝이고
홀로 길을 가는 사람아

오늘 하루가 헛됨 없이
눈물보다는 웃음을 남기려고
얼마나 애를 썼던가

무정한 오늘 하루
당신의 가는 길은
은하수 너머 출렁이는
푸른 강물 되어 영원하리라

# 황혼을 바라보며

산을 오르다
내려오는
성도 이름도 모르는
노인을 만났습니다
절룩이며 짚는 지팡이
얼굴에 흐르는 땀을
쓱 닦는 모습은 지나온 역사입니다
짊어진 배낭 속에는
수 없는 시간과 맞서 싸운
불멸의 훈장이 들었을 것입니다
낡은 수레에 실려 가는 고물처럼
버려질 것이 아닌
금빛이거나 은빛이거나 하는
광채를 나는 거기서 보았습니다
원망도 미움도 없이
동이 트는 새벽에
저녁이 있는 길을 이미 알고
아침마다 길을 가고 있었습니다
울컥한 나는
노인의 뒷모습을 보고 기도하였습니다

# 풍경 소리

인기척 없는 산사
흐트러진 내 모습
한 번쯤은 괜찮겠지

이 도량 찾아온 이
누구냐고 물으시면
어찌 답할까

고요를 깨뜨리는
부처님의 기침 소리는
나의 걸음 앞에
우뚝 서 계십니다

# 이왕 갈 바에는

어리바리하다 놓친 청춘은
돌아보니 저만치 가고 없고
빛바랜 세월만 꼭 쥐고
쉼 없이 달려온 길이
내 인생 아니라며
고래고래 소리 친들 무엇 하리
이왕 갈 바에
멋지게 손 흔들고 가슴 펴서
청춘인 듯 하여라

# 길

석양이 깃든 늦가을
길을 가다가 문득 보았습니다
지나온 길이 보이지 않지만
눈을 감고는 빤히 뵈는 것이
참 신기합니다

편안한 길이 아닌 길이
기억 속에 더욱 빠져들게 합니다
그때 간 그 길에서 나는
하염없이 길을 헤매기도 하며
수렁에 빠져 허우적대기도 합니다
가끔은 엷은 미소를 띠며
큰 꿈을 꾸기도 하였습니다
내가 눈을 뜨면 길은 보이지 않습니다

얼마를 더 가야
내가 가야 할 바른길이 찾아올지를
이제 나는 생각하지 않습니다
간간이 햇빛이 비치는 늦가을 오후
석양이 내리는 지금 내가 가는 길이
아름다워 눈물이 납니다

# 된서리

간밤에 된서리가 왔다
된서리 내린 후 사흘 만에 비 온다는
어머니의 말씀이 생각난다

눈도 아닌 것이
양철지붕 위에 하얗게 내렸다
어제까지만 해도 고개를 들었던
텃밭 머위는 말없이 고개를 떨구고
바람이 스친 나뭇가지는
을씨년스러워 몸을 웅크리고 있다

나는 아궁이에 불을 지피고
지나가던 기러기 한 마리는
내 곁에서 불을 쬔다

나흘째에도 비는 오지 않았고
손을 길게 뻗은 햇살이
한량없이 내게로 왔다

# 마음에 빛이 있다면

마음에 빛이 있다면
나는 어떤 빛일까

마음을 들여다볼 수 없어
숲으로 갔습니다
파란 잎사귀에는
열심히 일하는 땀방울이
곱게 물들며
청춘은
생명의 씨앗을 보듬고 있습니다

그래
나는 나뭇잎처럼
파란색이었으면 참 좋겠다
파란색

# 어디쯤 왔을까

하염없이 비에 젖은
얼룩진 세월
지금
어디쯤 왔을까

간절히 기다린
이루어야 할 꿈
조마조마하던 청춘은
어느덧 가고 없고
찬 바람 불어오는 이 거리
비정한 세월은 떠나 가구나

내일 아침이 반드시 내게 오듯
한 올의 빛이 분명 오리라고
나는 믿는다

지금
어디쯤 왔을까
이제는 더 묻지 않고 가리라

# 고령 전통시장에서

고령 전통 시장
내가 너를 찾아온 까닭은 무엇인가
마스크를 쓴 사람들은
서로가 서로를 알아볼 수 없어도
눈과 눈이 마주치는 것이 살갑다
가을 햇살처럼 맑고 고운 오가는 사람들
없는 게 없는 즐비한 물건들이
내 발걸음을 붙들어 매어 좋다
시장 곳곳을 다니다가 발이 멈춘
벌건 쇳덩이에 비지땀이 흘러내리는
과거를 회상하는 풀무가
우리 삶을 내리치니 정신이 번쩍 든다
낫 호미 어느 것이 좋으냐고 물었더니
낫으로는 김을 맬 수 없고
호미로는 풀을 벨 수 없으니
어느 것이 좋다고 말할 수 없다는
상식 같은 진실을 말하는 주인이 참 좋다
시장 골목에 해거름이 끼웃거릴 때
나는 오늘 하루를 막걸리 잔에 붓고
사람들은 돈을 세며 집으로 돌아갈 채비를 한다
지금 이 순간 우리는 우리를
사랑하지 않을 수 없어 참 좋다

# 만덕동 추억

만덕이가 살던 만덕동
자다가 깨어나 바라본 창밖
누가 지나가나 싶었는데
어린나무에 걸터앉은 바람이
삭을세 받으러 온
주인아줌마 눈꼬리 같은
그믐달을 바라보고 있다

만덕동 산마루 마을에 이사 간 때가
두 아이 초등학교 입학 전이다
그들이 자라서 아이 아빠가 되었으니
세월이 흘러 이제 그곳에는
하늘 높은 집들이 생겼다
동이 트면 산 꿩이 울고
한낮이면 뻐꾹새 울었던 그곳에
잊을 수 없는 추억이 있다

문풍지 사이로 기어든 한겨울 바람이
가난을 원망했지만
살구꽃 피는 봄날이 왔으니
가버린 지난날이 꿈처럼 스친다
오늘 내 살았던 만덕동에
예전에 볼 수 없던 둥근달이 높이 떴다

# 창

어둠은 내리고
나뭇잎 지나가는 소리
멀리서 교회 종소리 들린다
갓 삶은 고구마를 집어 들고
창밖을 바라보며 별을 헤는 것은
창이 있기 때문이다

고래를 구경 못 한 젊은 시절 한때는
고래 사냥이란 노래를 시도 없이 부르고
지금은 내게 많은 세월이 지났는지
봄날은 간다는 노래를 즐겨 듣는 것은
마음에 창이 있기 때문이다

오늘 아침
어느 여고생이 수능시험을 치르고
창밖을 뛰어내렸다는 기사가
내 마음을 얼마나 아프게 하는지
창이 원망스럽다

죽음이 곧 올 것을 예감한
실려 가는 소들이
넘어지지 않으려 버티는 것은
살아있는 것이 고맙다는
마음의 창이 있기 때문이다

아침에 일어나 창을 열어
맑은 공기를 쐬는 것은 상쾌하다
마음의 창을 열고
아름다운 세상을 바라보는 것은
그 얼마나 행복한가

# 담장을 다시 쌓다

가지런한 담장이
까닭 없이 무너져 내렸다

버릇없는 바람의 장난이었을까
아니면 세월이 낡은 탓일까
궂은비 맞으며 촉촉이 젖어
서둘러 무너졌을까

서로를 껴안고
서럽게 우는 소리가
담 밖으로 새 나가지 않게
입술을 꼭 깨물고 얼마나 버티었을까

데굴데굴 나뒹군 돌덩이를
나는 내 무너진 삶을 다시 쌓듯
한 단 한 단 쌓아 올리는데
이제 더 이상 무너지지 않겠다며
입술 깨물어 다짐한다

# 아름다운 선물

가난했던 어린 시절에
선물을 받는다는 것은
얼마나 기쁜 일인지 모른다
연필 한 자루
지우개 하나를 받은 날은
걸음이 새털처럼 가볍다
그보다 더 신났던 일은
서투른 내게
참 잘한다는 말 한마디는
큰 선물이었다
요즘 선물은 외제 자동차와 코인
과메기나 대게가 오간다니
내가 받은 선물은
값으로는 비교할 수 없지만
뒷거래하는 얼룩진 것이 아닌
마음 값어치로 정성을 담았으니
그 얼마나 값비싼 선물인가
이제는 선물 받는 이보다
주는 이가 될 수 있다면
그 또한 감사한 일이다

# 인연 아닌 사람

사람 팔자
조롱박보다 못한 팔자
사주팔자 고치려고
야밤 중에 도망갔다

주막집
오고 가는 길손에게
국밥 말아 주고
술상 차려 내는 일이
그렇게도 좋았을까

국밥 한 그릇 달라는 말소리
듣고 보니 귀에 익은 목소리
관대 사모 차려입은 모양새에
주막집이 시끌벅적하다

아이고
소죽 물도 떠다 주고
말죽 물도 떠다 주려
따라가면 어떻겠소

소죽 물도 나는 싫고
말죽 물도 나는 싫소
하던 일이나 하시구려


ㅡ 어머니의 이야기에서

# 애꿎은 서방 어쩌나

우리 집 서방님
명태 잡으러 가고요
처녀 총각 정분이 나고요
바람아 강풍아
석 달 열흘만 불어라
에헤라디야
저해라디야
낮이나 밤이나
참사랑이로구나


− 어머니 노랫말 중에서

# 상실의 시대

밤은 깊어 고요한데
나그네는 잠을 못 이룬다
사나운 이빨 감춘 미소는
그들만을 위한 악마의 밤을 즐기려
진실과 거짓을 뒤바꾸는 괴담으로
민중을 선전 선동하는 잔치를 베푼다

한 번도 경험 못한 유령의 세상이
어떤지를 생각해 보았는가
유토피아는 지상 어디에도 없다는
만고의 진실을 신은 알고 있었다
유령의 꾐에 속아
신을 배반하고 욕하며
자신의 죄를 신께 돌리는
이성적 판단을 상실한 민중은
지옥의 밤을 헤매며
유령과 같이 밤을 즐길 것이다

제정신 아닌 좀비를 보았는가
긴장과 진실의 칼로
유령의 굿판을 걷어치울 때
우리가 꿈꾼 것만큼 이뤄지는
진실한 세상이 올 것이다

# 자살하지 마라

자살하지 마라
삶이 아무리 힘들어도
자살하지 마라
지나가는 이들의 손가락질이 무서워도
절대 자살은 하지 마라
새들도 자살한 너를 보고
그냥 지나치며 날아간다
추운 겨울 한강 다리에서 뛰어내린
자살하는 너를 물고기들은 반기지 않는다
하늘에 떠 있는 별들도
자살하는 너를 보고 반짝이지 않는다
지나가는 개들도 자살한 너의 똥은
더럽다고 주워 먹지 않는다
가난한 이들의 땅에서 황금을 훔친
어느 자살자의 조간신문 기사는
우리의 아침을 찌푸리게 한다
자살은 타인을 죽음의 병에 이르게 하며
자신과 이웃을 슬프게 하는 눈물이다
물안개 자욱한 강이 햇살 반짝이게 될 것이다
자살하려거든 자살하려는 마음을 자살시켜라

# 세상에서 제일 더러운 것은

나는 똥 묻은 옷이
세상에서 제일 더럽다고 여겼다
나이가 조금 들어서는
코 묻은 옷이
세상에서 제일 더럽다고 여겼다
나이가 점점 들어서는
똥 묻은 옷이나 코 묻은 옷이
더럽지 않다는 것을 알았다

세 치도 안 되는 혀를 마구 휘둘러
있지도 않은 일을 꾸며내는 계략과
거짓을 진실처럼 포장한 위선을
자랑처럼 떠벌리고 다니는 이가
세상에서 제일 더럽다는 것을
철이 들어서 알았다

꽃이 아닌 것에
향수를 뿌린다고 꽃이 아니 되듯
사랑은 진실이 아닌 달콤한 언어로
마음 산다고 하여 사랑이 아니다
도박꾼의 현란한 손놀림 같은
쏟아붓는 언어의 쓰레기를 보석처럼 여긴다면
그건 세상에서 제일 더러운 것이다

# 구인사에 다녀오겠습니다

어머니,
어머니를 대신하여
구인사에 다녀오겠습니다

어머니가 늘 그리워하고
가고 싶어 하셨던 구인사를
단숨에 다녀오겠습니다

하루 두 번 단양을 오가는 열차는
눈밭을 가르며 강을 건너고
머뭇거림 없이 달렸습니다

나를 단양역에 내려놓고
기적을 울리며 떠나는 열차는
자꾸 나를 뒤돌아봅니다

소백산 자락 부처님 도량
구인사 가는 길이 온통 하얗습니다
굽이굽이 산 돌고 물 건너가는
꼬불꼬불한 길이 눈물겹지만 사랑스럽습니다
환한 눈밭 길이 더는 미끄럽지 않습니다

어머니가 왜 그토록 가고 싶어 하셨는지를
그제야 알았습니다
감사한 마음으로 다녀오겠습니다

# 고독의 술잔

그대가 떠난 빈자리
외로움은 깊이가 있는가
외로움은 고독을 낳고
고독은 술잔을 들어
눈물을 마십니다

창백한 날은 수없이 가고 결국은
당신을 가슴에 묻고 돌아오는 날
얼룩진 눈물과 쌓였던 정이
당신의 빈자리를 채웠습니다

차가운 밤 바닷가
울부짖는 작은 섬 하나
불 꺼진 창은 이제나저제나 주인 오려나
기다림에 지치어 잠이 들었을 것입니다

잊어야지
잊어야지 하면서 못 잊는
바보 같은 나를 당신은 어찌 알겠습니까
떠난 당신을 잊으려
이제 고독의 술잔은 버렸습니다
작은 섬 하나 외롭지 않을 것입니다

— 부인을 떠나보낸 친구의 심정을 헤아리고

# 겨울 장미

꽃 피고 지고
때아닌 날에 찾아와서
사랑을 고백한다는 것은
당신을 너무 사랑하기 때문입니다
기다림에 지친 사랑
이 추운 겨울이 가기 전에
나의 빨간 입술에 입맞춤해다오

차라리 죽어
나의 영혼이 당신 곁에 머문다면 그건
너무너무 사랑했기 때문입니다
당신의 밥상머리에서
아침저녁으로 당신과 마주한다면
그건 나의 행복이겠소

누가 날 욕한다 해도
나의 사랑은 순수와 열정입니다
이 추운 겨울은 나를 짓밟지 않을 것이며
나의 사랑을 더욱 소중히 할 것입니다
당신이 날 모른 척해도
내가 죽어 당신을 사랑했다고
누군가는 나 대신 소리칠 것입니다
겨울 장미는 피고 지고

# 겨울 연가

가난하다고 생각하는 이는
겨울 숲속으로 가라
하얀 눈이 펑펑 쏟아지는
겨울 숲속으로 가라

새들도 날아가고 없는 휑한
누구의 아픔인지
한 때는 화려했던 눈물겨운
낙엽 밟는 소리 나는
겨울 숲속으로 가라

나무는 큰 소리로 울지 않는다
봄 여름 가을
밤이슬 맞으며 지나온 세월이
별똥별처럼 반짝 사라지더라도
묵묵히 자신을 돌아보는
겨울 숲속으로 가라

가난하다 하여 예수님이 그대에게
따듯한 밥 한술 떠 주지 않는다고
믿음을 포기하고 싶은 이는
겨울 숲속으로 가라

시베리아 벌판에도 나무가 산다
희망을 버리고 싶지 않은 이는
눈물을 절대 보이지 마라
새가 떠난 빈 둥지에
눈은 덮이고 찬 바람이 불어도
북간도에 끌려간 봄이 찾아오는
겨울 숲속이 얼마나 좋은가

# 그 겨울에 눈은 내리고

쏟아지는 눈은 장난이 아니다
눈 덮인 하얀 사막은
길은 길을 잃고 사람은 보이지 않는다
무게를 이기지 못한 나목은
버티다 버티다가
날갯죽지 하나를 뚝 떼 낸다

눈은 계속 내리는데 기차는 그냥 지나간다
달리는 기차는 소리도 없다
복순이 마중 간 복순이 어머니는
하얀 눈사람이 되어 돌아온다

님은 슬픔을 모릅니다
눈은 내리는데
어느 눈꽃 같은 봄날이 오면
기다림이 헛됨 없이
진달래꽃 한 송이 꼭 쥐고 오겠지
그 겨울에 눈은 내리고

# 여우 이야기

어릴 때 나는 여우를 그림으로만 봤다
꼬리가 긴 작은 개를 닮은 여우는
온갖 요술로 사람의 혼을 빼고
간을 빼먹는다는 이야기는
지금도 머릿속에서 사라지지 않는다
산길이나 시골 밤길을
혼자 걸을 때는 머리끝이 쭈뼛한다

뒷산에
여우 중에서도 아주 무서운
하얀 백여우가 산다고 한다
백여우는 사람의 간을 빼먹고 산단다
백여우가 아들 이름을 부르니
어머니는 걱정인 모양이다
이제 아들이 간이 커서
조금 떼 줘도 별문제가 없는데도
몹시 언짢아 침을 뱉는다고 한다

시내 거리에 여우 떼가 몰려다닌다
백여우가 아닌 반지르르한 흑여우는
지나가는 여인이나
백화점 마네킹의 목을 감싸고 있다
예나 지금이나 여우는
사람의 혼을 뺏기는 뺏는가 보다

# 그해 겨울은 따듯했다

가마득한 지난 이야기
나의 겨울은 무서웠다
살을 에는 추위에
얇은 옷깃은 두려워 떨어야 하고
손은 트고 손등은 게딱지가 되었다

전쟁에서 이기는 자만이
평화와 행복을 누릴 수 있듯
폭군 같은 맹추위와 눈바람이
가난한 우리를 마구 밀어붙여도
굴하지 않고 싸워야 했다

하늘에서 퍼붓는 눈을 감당하기란
역부족이라 눈 가진 사람은
눈과 싸워야 살아날 수 있다
아버지는 지붕 위의 눈을 계속 쓸어내리고
어머니는 아궁이에 불을 지핀다

힘겨운 밤은 가고 아침이 되어
길 없는 길을 나선 이가
어린 손녀와 이가 다 빠진 할머니가 사는

오두막집이 오간 데 없어 허둥대는데
순덕이와 할머니를 포근히 감싼
눈은 눈부시게 반짝인다
그해 겨울은 따듯했다

# 집으로 가는 날

사랑하는 이가 훌쩍 떠났다는
지인이 보내온 눈물
아픔은 나눈다지만
황량한 벌판에 홀로 선 나무이구나

이승과 저승을 오가는
길이 있다면 얼마나 좋을까
지고지순한 정 때문에
눈물 나고 아픈 마음은
누구든 매한가지
눈물이 나거든 폭포처럼
쏟아부어라

무거운 짐 훌훌 벗고
가벼이 걸어가는 자유로움은
축복받아야 할 해탈의 길로
어두운 길이 되어서는 아니 된다

하루 중
나에게 가장 소중한 때는
해 질 녘 개울물에 손 씻어
내 집으로 가는 길이다

산 자와 죽은 자의 삶이
이와 같으리라
돌아간다는 게
어찌 어두운 일이겠는가

나 집으로 가는 날
봄날이 내게도 있었다는
노래를 불러다오

# 우리 모두 행복하다면

들이면 들, 산이면 산, 강이면 강,
세상 어디든 아름답지 않은 것이 있을까
그 아름다움을 볼 수 있다는 것은
너무너무 행복한 일이다
서로 나누는 인사말에
축복, 행복, 건강이란 말이 좋다
축복받았으니 더욱더 축복을
행복하니까 더욱더 행복을
건강한 지금보다 더욱더 건강을
바라는 기도였으면 참 좋겠다
무지개가 뜬 산 너머에
무지개를 잡으러 달려간
지난날의 그 추억이 행복이 아닐까
삶이 고달파 도망치고 싶은 때
그 속에도 행복이 있었다
행복은 다가오는 것이 아니라
차곡차곡 쌓아가는 것이다
우리 곁에 지금 행복이 있다
너와 나
우리가 행복하다면 얼마나 좋은가

# 겨울 연못 속의 풍경

차가운 바람이
두툼한 옷깃을 헤집는
따듯한 아랫목이 그리운 때에
겨울나무는 봄이 그립다

동장군의 맹위에
물고기를 꼭 껴안은
입을 굳게 다문 겨울 연못은
어머니 같다

시베리아 군대처럼 달려오는 바람 소리에
나는
얼른 연못으로 들어가
물고기를 꼭 껴안았습니다

# 구인사를 찾아서

이른 새벽 부전역에서
첫 열차를 타고
소백산을 품은 구인사 찾아 나선 길
골짝에서 불어오는
코끝을 스치는 바람이
길옆 나뭇가지에 매달려
진주처럼 반짝인다
오가는 이에게 전하는 봄내음
봄 오는 소리가 기차 소리같이
가지마다 맺힌 봄이 터질 듯
생명의 고귀함이 탄생할 듯
넋을 잃고 바라보고 있을 뿐
세상천지 묻은 땟자국이
일순간 씻은 듯이
하늘에 덮인 구름 걷히듯
고뇌의 물결이 썰물처럼 밀려가듯
어느 사이 새처럼 가벼운 육신은
구인사 부처님 전에 다가가
미소를 아름 안아 공양 올리고서
사뿐히 물러나 좌선에 든다

# 아버지의 헛기침 소리

내 어린 시절 우리 집
위채와 아래채는 다닥다닥 붙어 있었다
새벽이 오면 아버지는
매일 여물을 끓이는 일이
지겹지도 않은지
척척 잘도 하시며
큰기침 소리를 낼 때는
여물을 다 끓였다는 뜻이다
별빛 와락 쏟아지는 소리같이
햇살 속에 불어오는 바람같이
꿈결 속에 찾아와
나의 하루를 잔인하게 깨운다
나의 새벽을 알리는
아버지의 헛기침 소리는 떠나고 없다
하루도 거름 없든 헛기침 소리가
이제는 환청으로 다가온다

# 가는 세월 앞에서

가는 세월 앞에서
꽃 피고 새 우는 봄날
꽃이 진들 어떠리
새가 운들 어떠리

비 내릴 때 비에 젖고
바람 부는 길목에 홀로 선 날도
그저 내게 찾아온
지나가는 바람이었으면
참 평화롭게 산 날이다

나도 몰랐던
내게 찾아온 나 아니었던 내가
꽃 같다 아니하여도
순백의 늦가을 억새꽃처럼
잔잔한 감동이 있다면
참 아름답게 산 날이다

마음속 고이 간직한 것을
하나씩 들추어 어루만지며
폭풍 같은 날에 놀라지 않고

산이면 산을 구름이면 구름을
기꺼이 받아준 호수 같았으면
참 청정하게 산 날이다

세월이 하나하나
황금빛 노을처럼
내가 감탄하지 않을 수 없는
빛나는 날이 되어
참 사랑하며 산 날이었으면 좋겠다

# 새해 소망

새해 첫날 우리는 늘 그랬듯이
기대와 설렘이 가득하여
그 어떤 절벽이 앞에 놓일지라도
반드시 넘겠다는 굳은 다짐을 한다

돌아보면 손에 쥔 것은
자랑삼아 들 내고 싶은 것도 있지만
보여주기 민망한 것도 늘 함께 있었다
도랑물이 개울물
그 개울물이 바다를 이루듯
하루하루 우리가 이룬 것이
꿈꾸었던 현실이 될 때는
가슴이 벅찼다

삶은
어제와 오늘,
오늘과 내일을 단절할 수 없다
미래만 보고 가는 것도 위험할 수 있다
시간 흐름 그 어느 끝 자락에서
내일의 축복이 올 것인지는
언제나 신기루 같다

가는 길이
어떤 아름다운 열매를 맺을 것인지를 미리
걱정하고 두려워한다면
점점 작아지는 날개는
세상을 훨훨 날지 못할 것이다

새해 소망은
사람이 사람답게 살아가는
평화로운 세상이면 좋겠다
그리고 꿈꾸는 소망은 다르지만
늘 웃음 피었으면 좋겠다

# 그리운 고향

고향 그리워 찾았건만
어릴 적 내 놀던
동산은 간 곳 없고
기억 속 그 모습 아닌
낯선 산과 들
흐르는 시내
나를 봐라보는구나

정든 이들의
소식조차 알 길 없어
돌아서는 길목

고향은
고향은
거기 제 자리에 우뚝 서서
잘 가라고 손짓한다